Le maître Glooscap transforme animal

Mawiknat Klu'skap Sa'se'wo'laji Wi'sisk aqq Sa'se'wa'toq Maqamikew

The Mighty Glooscap Transforms Animals and Landscape

Texte en français de Réjean Roy

Kisi-Mi'kmaw wi'kek Serena M. Sock

English text by Allison Mitcham

Illustrations de Réjean Roy

Bouton d'or Acadie

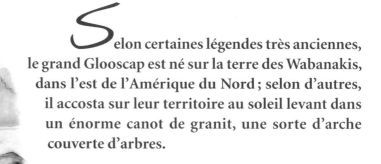

*S*elon certaines légendes très anciennes, le grand Glooscap est né sur la terre des Wabanakis, dans l'est de l'Amérique du Nord ; selon d'autres, il accosta sur leur territoire au soleil levant dans un énorme canot de granit, une sorte d'arche couverte d'arbres.

Teluaql sa'qewe'l a'tukuaqnn, mawiknat Klu'skap etli-wskwitqamuiss Wapana'kikewa'kik wjipenuke'l North America; ktekik telua'tijik to'q nekm peji-sukuisnaqq wejkwapniaqekk, teppiss meski'k kunteweyey kwitn; suel teltek stike' kmu'jiktuk wejitasik kji-welipot.

According to some early legends, the mighty Glooscap was born on Wabanaki land in eastern North America; according to others, he paddled into this region at sunrise in a huge granite canoe, a kind of tree-covered ark.

*P*lusieurs disent que Glooscap créa le peuple mi'kmaq à partir de branches de frêne ; il le façonna à son image et lui insuffla la vie.

Installé au cap Blomidon, le créateur, maître et protecteur des Mi'kmaq parcourut le territoire de l'actuelle Nouvelle-Écosse jusqu'à Terre-Neuve. Tous les Mi'kmaq reconnaissent encore aujourd'hui les traces de son séjour parmi eux.

Eymu'tijik telua'tijik to'q Klu'skap wejiasni Mi'kmewaqq wiskoqiktuk, teliaji stike' nekm aqq putuatmuaji mimajuaqn.

Ta'n tujiw kaqi-ila'lsitek Cape Blomidon, nekm – kisu'lkw, alsumaji aqq nuje'ywaji Mi'kmewaqq – kaqi-peykua'sit maqamikekk weja'tekemk No'pa Skojia (Mi'kma'kik) we'kaw Aktakamkuk (NFLD). Me' kiskuk na nmittesk ta'n koqowe'l Klu'skap kisa'toqepnn ta'n tujiw mawo'lti'titek Mi'kmewaqq.

Some say that Glooscap created the Mi'kmaq people from ash branches, shaping them in his image and breathing life into them.

Having settled at Cape Blomidon, he – creator, master and protector of the Mi'kmaqs – roamed the land which today stretches from Nova Scotia to Newfoundland. Even now the Mi'kmaqs point to signs of his stay amongst them.

*C*ertains affirment que c'est Glooscap qui créa aussi les animaux. Ce qui est certain, c'est qu'à cette époque les animaux étaient très grands ; c'étaient des géants aux yeux des hommes.

Préoccupé de voir l'harmonie et l'équilibre régner sur la terre, le sage Glooscap appela les animaux à défiler devant lui afin de connaître les ambitions et les aptitudes de chacun.

Eymu'tijik telua'tijik Klu'skap kisiasni wi'sisk. Ta'n koqowey teliaqsepp na to'q ma'muni-msekilultisnik wi'sisk; telpultijik stike' jenuaqq ujit mimajuinu'k.

Pana ki'kaja'sit ujit wliaqtn aqq tetpaqtektn mset koqowey wskwitqamuk, Klu'skap nestue'k aqq wikumaji wi'sisk meta ketu' nsetuaji ta'n koqowey tela'taqati'tij aqq ta'n koqowey natawa'tu'tij.

Some maintain that Glooscap also created the animals. What is clear is that at that time the animals were very big; appearing gigantic to people.

Determined to make sure that harmony and balance prevailed on earth, wise Glooscap marshalled the animals to parade before him so that he could understand the goals and abilities of each.

*G*looscap s'adressa d'abord à l'orignal, le colosse des forêts au pelage foncé, dont la taille ombrageait les flancs de montagne.

— Que feras-tu lorsque tu verras un homme marcher dans ta direction ?

L'orignal répondit :

— Avec mes bois, je déracinerai le plus grand des pins pour que l'arbre lui tombe dessus !

Glooscap vit que l'orignal était beaucoup trop fort. Il décida donc de réduire sa taille et sa force pour que les chasseurs puissent l'atteindre à l'aide de leurs lances.

Na mawi-amskwesewey Klu'skap milpipanimatl tia'mul, nipuktukewey jenu, toqo maqtawe'k wtoqwan aqq ma'mun-pitoqsit we'kaw kaqi-wjijaqamijua'latl kmtnn.

"Tala'teketesk l'miaq nmi'j ji'nm wejkwi-leka't ki'lekk?"

Tia'm teluet :

"Nsmu'k e'wa'ss, tma'la'ss meskilk kuow me' na l'ku'wetew nekmekk."

Klu'skap nemitoq to'q wasami-knalitl tia'mul. Na kisita'sit apsa'tuan wsmu'k ta'n telkilnij aqq ta'n teliknalij me' na nutanteka'tiliji kisana'lital e'wmi'titl nikoql.

First of all Glooscap questioned the moose, the forest giant with the dark coat whose great height overshadowed the mountainside.

"What will you do when you see a man walking towards you?"

The moose replied :

"With my antlers, I will uproot the largest pine so that the tree falls on him."

Glooscap realized that the moose was much too strong. Therefore he decided to reduce his size and strength so that hunters could reach him with their spears.

Ensuite, il appela l'écureuil. À cette époque-là, l'écureuil avait la même taille qu'un ours de nos jours. Glooscap lui posa la même question :

— Que feras-tu si tu vois un homme venir vers toi ?

— Perché dans un arbre, je lui lancerai un rocher sur la tête ! répondit l'écureuil.

De sa forte main, Glooscap lui lissa doucement la tête jusqu'à lui donner la taille que nous lui connaissons aujourd'hui.

Glooscap posa la même question à l'ours blanc et celui-ci répondit brusquement :

— Ha ! Je n'en ferai qu'une bouchée !

Glooscap décida immédiatement de l'expédier loin dans le Nord, parmi les glaces où personne ne vit.

Toqosepp wikumatl atu'tuejal. Na tujiw na to'q atu'tuej newte' telkilkess stike' ta'n telkilk nike' kiskuk muin. Klu'skap app newte' tel-pipanimatl:

"Tala'teketesk l'miaq nmi'j ji'nm wejkwi-leka't ki'lekk?"

"Minkuasia'ss kmu'jiktuk, niseka'ss kuntew wunjekk," teluet to'q atu'tuej.

Melkiknaq Klu'skap wpitn na wunjaqa etli-putuaj atu'tuejl wunji we'kaw telkilnitl stike' ta'n telkilk kiskuk.

Klu'skap newte' tel-pipanimatl wape'litl muinal aqq telimtl:

"O'! Nekm wju'testuitew ntun l'miaq oqolma'sian."

Ankamiw Klu'skap kisita'sit jiklkimanew knekk Oqwatnuk ta'n etli-tke'k aqq ma' wen piluey nmiaqul.

Then he called the squirrel. In those days the squirrel was the same size as a bear is today. Glooscap asked the same question:

"What will you do if you see a man coming towards you ?"

"Crouching in a tree, I will drop a rock on his head", replied the squirrel.

With his powerful hand, Glooscap gently stroked the squirrel's head until he had reduced him to his present size.

Glooscap asked a white bear the same question and he replied gruffly:

"Oh! He'll just make a mouthful for me."

Immediately Glooscap decided to send him far away to the icebound North where no one could see him.

Glooscap donna ainsi de nouveaux attributs à certains animaux qui défilèrent devant lui, selon leur ambition ou leur bienveillance. Pendant qu'il explorait les environs de Terre-Neuve, le huard vint de lui-même à sa rencontre. Il voulait devenir l'ami et le serviteur du Maître. Glooscap lui enseigna donc quatre chants distincts et l'invita à devenir son messager. Ces quatre chants ont été transmis de génération en génération. Encore aujourd'hui, ces mélodies se font entendre autour de nos lacs.

Wla na Klu'skap tel-kaqi-pilua'laji wla wi'sisk ta'n pemitaliji wsiskuk – iknmuaji ta'n kiso'ltilita ujit ta'n tel-lue'wultilij kisna na ta'n tel-wantaqo'ltilij. Ke'sk etli-ankaptek Aktakamkuk (NFLD), na Kwimu to'q naji-wlteskuatl Klu'skapal. Puatkess to'q witaptinew aqq wnaqapemtinew. Klu'skap na kekina'muatl newkl ta'n tl-toqsilital aqq pipanimatl ktu' nuji-asua'tunew klusuaqnn. Wla newkl pilu'toqsimkewe'l na siawa'tasikl ta'n wetapeksilitl Kwimual. Me' kiskuk na nutasikl wla pilu'toqsimkewe'l qospemiktuk.

In these ways Glooscap gave new characteristics to some of the animals who paraded past him – characteristics dependent on their aggressiveness or gentleness. While he was exploring Newfoundland, the loon came of his own accord to meet him. He wanted to become the master's friend and servant. Glooscap then taught him four distinct calls and invited him to become his messenger. These four calls have been passed down from generation to generation. Even today these haunting cries are heard on our lakes.

$\mathcal{G}$looscap poursuivit son inquisition auprès de tous les animaux du territoire et il changea leur apparence, leur taille ou leur force selon la réponse de chacun. Cependant, un animal, le castor, ne se présenta pas devant le Maître. Étant à la fois plus malin et plus ingénieux que les autres, le castor bâtit un barrage et une hutte pour se cacher.

Klu'skap siaw-mil-pipanimaji wi'sisk, aqq pilua'laji ta'n telpultiliji, ta'n tel-kilultiliji kisna ta'n teli-knaliji ansma nekm ta'n tel-ta'sij. Pasna, newte'jit wi'sis, kopit, mu naji-nmiaqsepnn nuji-alsusilitl. Pana kesatk ki'kaje'k aqq sma'tewit aqq ktekik wi'sisk, kopit eltoq kopitewo'kuom - wi'k ta'n tli-kasitew.

Glooscap continued quizzing all the animals of the region, changing their appearance, size or strength, depending on their individual replies. However, one animal, the beaver, didn't turn up to meet the master. Since he was both more mischievous and smarter than the others, the beaver built a dam and a house to hide in.

Comme il fallait s'y attendre, le castor, qui était alors géant et monstrueux, inonda un énorme territoire. C'était sur la rivière Saint-Jean qu'il avait bâti un énorme barrage, là où l'eau douce de la rivière atteint l'eau salée de la baie de Fundy. La taille du plan d'eau couvrait facilement le tiers du Nouveau-Brunswick ! Le bassin ainsi créé permettait au castor de glisser sous l'eau, de sa hutte à la forêt, à l'insu du regard perçant de Glooscap.

Amujpa etli-skmat na'te'l, kopit, na tujiw na telkilkepp stike' jenu aqq we'kuata'luet, wasampeka'toq meski'k maqamikew. Kisitoqsepp a'sisi-mseki'k kopitewo'kuom Saint John Sipu ta'n tett sipu piskuijuik salawapuiktuk Bay of Fundy. Wla samqwanik maqmikew na je me' aqq a'qataik wesua'toq New Brunswick! Ta'n teltek wla maqamikew na kopit kisi-nekuatijiet samqwaniktuk weja'tekemk ta'n tett wikijj we'kaw nipuktuk, ma' nmi'kukl Klu'skapal.

Because he had to wait there, the beaver, who was then gigantic and terrifying, flooded a huge territory. He had built an enormous dam on the Saint John River, just where the fresh river water flowed into the salt water of the Bay of Fundy. This flood plain covered at least a third of New Brunswick! The pond created like this allowed the beaver to slip under the water, from his house to the forest, unobserved by the usually sharp-eyed Glooscap.

À l'origine, Glooscap avait interdit l'accès à cet endroit, car il aimait remonter la rivière Saint-Jean à bord de son canot lorsqu'il visitait les villages mi'kmaq installés le long des rives. Sachant que le castor reconstruirait perpétuellement son barrage s'il le détruisait, Glooscap attendit avant d'agir.

Un soir, Glooscap aperçut de loin le castor, besognant sur sa construction grandiose. Il lui lança des rochers pour l'effrayer, mais le castor s'enfuit vers le nord, en remontant la rivière Saint-Jean. Les rochers tombèrent au milieu de la rivière, en amont, et ont donné naissance aux chutes de Grand-Sault.

Ne'wtekk, Klu'skap wetqoluatkess mu wenn lielin, kesatkess nisisikuit kwitnikuk ta'n tujiw naji-mittukwej Mi'kmewa'ki'l ta'n etekl jajiktuk. Kejiasnn kopital ili'kalital ta'n tujiw seyoqa'tasik kopitewo'kuom, Klu'skap eskmalatl kopital ke'sk mu tala'tekekw.

Ne'wt wela'kwe'k Klu'skap knekk weji-nmiatl kopital, etli'katmlitl wkopitewo'kuomm. Kuntewta'tl ketu' jipaqata'tl pasna awnaqa kopit oqwatnuke'l elsimkuat Saint John Sipu. Kuntall ika'ql miawe'k sipuiktuk na kisa'toq samqwan so'qijuiktn kuntewiktuk aqq nisijuiktn telui'tasik Grand Falls.

At one time, Glooscap had forbidden entry to this place, because he loved to ascend the Saint John River in his canoe when he visited the Mi'kmaq villages along its banks. Knowing that the beaver would rebuilt his dam, if it was destroyed, Glooscap waited before acting.

One evening Glooscap saw the beaver from afar, labouring on his imposing structure. He threw rocks to frighten him, but the beaver fled northward up the Saint John River. The rocks fell into the middle of the river, upstream, and gave rise to the waterfall at Grand Falls.

*D*e ses mains, Glooscap ouvrit le barrage. D'énormes torrents d'eau poussés par de forts courants s'échappèrent, provoquant ainsi les Chutes réversibles, encore visibles aujourd'hui près de la ville actuelle de Saint-Jean. Les débris du barrage, emportés par le courant, se déposèrent à l'embouchure de la rivière et ont formé l'île Quak'm'kagan'ik, ce qui veut dire dans la langue mi'kmaq « morceau découpé ». De nos jours, plusieurs l'appellent l'île Partridge.

Klu'skap seyoqikuatk kopitewo'kuom e'wekl wpitnn. Melkiknewijuik tujiw samqwan na kisa'toq telui'tasik Esetekjijuik Samqwan (Reversing Falls), me' kiskuk kisinmitasik Saint John Sipu. Kuntall wejiaql kopitewo'kuomk na nisa'lukuekl ta'n wejipiskuijuik sipu, na wejiaq Quak'm'kaqan'ik Mniku, Mi'kmewiktuk na teluaq "ta'n weji-mnja'q", kiskuk na telui'tasik Partridge Island.

Glooscap broke open the dam with his hands. Enormous torrents, pushed by strong currents, gushed out, resulting in the Reversing Falls, still visible near the present city of Saint John. The debris from the dam, carried down by the current, and deposited at the river's mouth, formed Quak' m'kagan'ik Island, which in the Mi'kmaq language means "cut out piece", nowadays called Partridge Island.

*P*our Glooscap, ce n'était pas la fin de ses ennuis avec le castor. En parcourant le territoire dans ces temps anciens, il eut plus d'une fois des démêlés avec lui.

Mais au fil du temps, Glooscap a profondément transformé la terre et l'a rendue vivable pour les humains. Et, bien sûr, le peuple mi'kmaq garde précieusement dans les confins de sa mémoire les exploits du grand Glooscap.

Ujit Klu'skap aqq kopit na mu kaqianukw koqowey. Kaqi'sk i' mu wla'mati'kw kopital ta'n tujiw Klu'skap ale'k u't maqamikekk.

Pasna ke'sk siawiajiet na'ku'set, Klu'skap kaqitoq maqamikew, kisi-wikultitaqq mimajuinu'k. Mi'kmaq me' me'kita'suatmi'tijj ta'n Klu'skap tel-kisi-e'wasnn kopital.

For Glooscap, this was not the end of his problems with the beaver. While travelling through the land in these bygone times, he was at odds with the beaver more than once.

But as time went by, Glooscap greatly transformed the land, making it liveable for people. And indeed, the Mi'kmaq people still cherish memories of great Glooscap's exploits.

Le maître Glooscap transforme animaux et paysages
Texte en français par Réjean Roy
Tous droits réservés pour tous les pays

Mawiknat Klu'skap Sa'se'wo'laji Wi'sisk aqq Sa'se'wa'toq Maqamikew
Kisi-Mi'kmaw wi'kek Serena M. Sock
Weli ankosasik ta'n teli-alsutmek wla mset mawio'mi'l

The Mighty Glooscap Transforms Animals and Landscape
Texte en anglais par Allison Mitcham
All rights reserved for all countries

Illustrations : Réjean Roy
Conception graphique : Lisa Lévesque

ISBN : 978-2-923518-94-7
Dépôt légal : 4ᵉ trimestre 2011
Bibliothèque et Archives Canada
Bibliothèque et Archives nationales du Québec
Imprimeur : Transcontinental Métrolitho

Distributeur : Prologue
Téléphone : (450) 434-0306 / 1 800 363-2864
Télécopieur : (450) 434-2627 / 1 800 361-8088
Courriel : prologue@prologue.ca

Distributeur en Europe : Librairie du Québec/DNM
Téléphone : 01.43.54.49.15
Télécopieur : 01.43.54.39.15
Courriel : direction@librairieduquebec.fr

© Bouton d'or Acadie
204 - 236, rue St-Georges
Moncton (N.-B.), E1C 1W1, Canada
Téléphone : (506) 382-1367
Télécopieur : (506) 854-7577
Courriel : boutondoracadie@nb.aibn.com
Internet : www.boutondoracadie.com
　　　　　www.avoslivres.ca

Pour ses activités d'édition, Bouton d'or Acadie reconnaît l'aide financière de la Direction des arts du Nouveau-Brunswick, du Conseil des Arts du Canada et du ministère du Patrimoine canadien par l'entremise du Fonds du livre du Canada.

Imprimé au Canada